AF145847

Dominik und Iris Rau

Auf einmal war es Weihnachten

Gereimtes und Ungereimtes
zur besinnlichen Jahreszeit

Dominik und Iris Rau

Auf einmal war es Weihnachten

**Gereimtes und Ungereimtes
zur besinnlichen Jahreszeit**

Bibliografische Information der Deutschen Nationalbibliothek:
Die Deutsche Nationalbibliothek verzeichnet diese Publikation in
der Deutschen Nationalbibliografie; detaillierte bibliografische Da-
ten sind im Internet über http://dnb.dnb.de abrufbar.

© 2017 Iris Rau und Dominik Rau

Umschlaggestaltung: Iris Rau und Dominik Rau

Herstellung und Verlag: BoD – Books on Demand, Norderstedt

ISBN: 978-3-73470-795-7

Inhalt

Vorwort

Völlig überraschend kommt sie Jahr für Jahr, wenn man es am wenigstens erwartet: Die Weihnachtszeit. Dabei kündigt sie sich im August schon lautstark in den Regalen der Supermärkte an, die man bereits im Spätsommer mit Lebkuchen und Spekulatius vollgestopft hat.

Wir, die Autoren, empfehlen also, sich dieses Büchlein frühestens im November zu Gemüte zu führen, wenn es draußen ein klein wenig kälter geworden ist und die Radiosender die Weihnachtscharts hoch und runter dudeln.

Über viele Jahre sammelten wir die Ihnen nun vorliegenden Gedichte, die zum größten Teil für den feierlichen Anlass an Heiligabend im trauten Kreise der Familie verfasst wurden. Es finden sich aber auch Gedanken rückblickend auf ein vergangenes Jahr zum Anlass des Jahreswechsels.

Wir hoffen, dass Sie, geneigter Leser, ebenso viel Freude an unseren Versen haben werden wie all die Mütter, Großmütter, Väter, Großväter, Geschwister, Tanten und Onkel.

Dominik und Iris Rau

In alter Tradition
Dominik Rau

Jahr für Jahr am Weihnachtsfest,
folgt man einer Tradition,
die der Vater gerne sausen lässt
und zusammen mit dem Sohn,
verweigert man die Mitarbeit,
auf die die Schwiegermutter streng besteht
und siehe da, schon gibt es Streit,
wenn's an den weihnachtlichen Kirchgang geht.

Doch die Sache ist schon lang beschlossen,
der Widerstand, er bricht entzwei,
Vater und Sohn sind ganz verdrossen,
Schwiegermama ist's einerlei.
Nur die Mutter ist fein raus,
die bleibt ganz gepflegt daheim,
nennt als Grund den Weihnachtsschmaus
und lässt die Kirche Kirche sein.

Der Gast
Iris Rau

Herzlich willkommen, sei unser Gast,
wir laden dich ein, in unserer Runde dabei zu sein.

Es ist festlich geschmückt, die Kerzen entzündet,
die Tafel gedeckt und aufwändig verziert
die Gläser sind glänzend und das Silber poliert.

Aus der Küche dringen die erlesensten Düfte
die Sinne betörend nach Braten und Zimt
und ein Hauch von Weihnacht schwebt durch die Lüfte
und Musik ganz leis' durch das Zimmer klingt.

Es ist alles bereit, das Fest kann beginnen
doch nur eines fehlt noch in unserem Kreis:
Ohne dich, lieber Gast kann das Fest nicht gelingen,
ohne dich wäre alles nur Trank und Speis.

Du öffnest die Herzen, du öffnest den Geist,
du gibst uns die Gabe, die Freude zu fühlen,
zusammen zu sein und nicht allein.

Tiefe Gespräche, Gedanken austauschen,
in Erinnerung schwelgen, Ideen kreieren.
Gemeinsam lachen und Geschichten lauschen,
Fotos betrachten und sich amüsieren.

Mach es dir gemütlich und fühle dich wohl,
wir hoffen, du gehst noch nicht heim.
Und sollten wir wieder zusammen uns finden,
sei uns willkommen, wir laden dich ein.

Zu spät
Dominik Rau

Ho! Ho! Ho!, tönt's im Kamin,
und mit einem »Plumps!«,
kommt der Weihnachtsmann zu uns,
steht plötzlich mitten in der Bude drin.

Doch was ist das, er glaubt es kaum,
Entsetzen lähmt den alten Mann
und vor lauter Wut läuft er rot an,
denn Geschenke liegen unterm Baum.

Auf dem Sofa sitzt, vollgestopft mit Keksgebäck
und mit verkrümeltem Gewand,
das Christkind und hält in einer Hand,
heißen Kakao und lacht noch keck.

»Tja, mein Lieber, tut mir leid,
ich war lange vor dir da,
komm noch mal im nächsten Jahr,
dann feiern wir zu zweit.«

Zu Hause
Iris Rau

Glitzernd weiße Kälte draußen taucht das Dorf in Zuckerguss.
Schritte werden immer schneller, eilig setzt sich Fuß vor Fuß.
Nur noch eine kurze Strecke, bald schon ist das Ziel erreicht,
Atemnebel weiß, gespenstisch, wallend in die Nacht entweicht.
Links und rechts der Straße Lichter, bahnen sicher diesen Weg,
Bäume, Gärten und Balkone, kaltweiß, warmweiß , LED.
Kalte Füße, kalte Hände, Nase, Wangen, rot vor Frost,
Glockenklang von Nachbardörfern,
denn der Wind kommt heut' von Ost.

Das Ersehnte ist erschienen, Zuflucht in der Dunkelheit,
Sterne an den Fenstern leuchten, alles zum Empfang bereit.
Jacke aus, die Mütze runter, Stiefel vor die Tür gestellt,
Füße schlüpfen in Pantoffeln, treten in die Weihnachtswelt.

Hände vor dem Feuer reiben, kribbelnd tau'n sie wieder auf.
Auf der Couch ist es gemütlich, Enge nimmt man gern in Kauf.
Katze an dem warmen Ofen aalt sich wohlig vor der Glut,
heißer Tee dampft in der Tasse, wärmt von innen, das tut gut.
Kerzen werden angezündet, Engelchen an jedem Eck,
Düfte in die Nase dringen von dem köstlichen Gebäck.

Märchen, Lieder und Geschichten viel gehört und oft geseh'n,
ihrer niemals überdrüssig, sind sie immer wieder schön.
Zeitung lesen, diskutieren, fast kein Thema ist tabu,
sucht der Körper dann Entspannung, Füße hoch und Augen zu.

In Geborgenheit zu ruhen, glücklich ist, wer das genießt,
Hier zu Hause, das ist wirklich fast so wie im Paradies.

Wäre ich du
Iris Rau

Wäre ich du - würdest du mir Herberge geben?
Wäre ich du – gäbest du mir Kleidung und Nahrung?
Wäre ich du – würdest du mich freundlich willkommen
heißen?

Wäre ich du – hätte ich den Mut, ins Ungewisse zu reisen?
Wäre ich du – verließe ich gerne meine Heimat?
Wäre ich du – würde es mir etwas ausmachen, meine Lieben
zurückzulassen?
Wäre ich du – würde ich mich bemühen, dich zu verstehen?

Wäre ich du – hättest du Angst vor mir?
Wäre ich du – wolltest du lieber nicht in meiner Nähe
wohnen?
Wäre ich du – könntest du mein Anderssein akzeptieren?

Wäre ich du – würde ich das Gesicht deiner Stadt entweihen?
Wäre ich du – würde ich deine Würde antasten?
Wäre ich du – würdest du meine Würde antasten?
Wäre ich du und wärst du ich – gäbe es eine gemeinsame
Zukunft für uns?

Mutter Erde
Iris Rau

Mutter, hast du all die Last getragen,
um deine Frucht zu opfern
für die, die niemanden geboren haben,
für die, die es niemals vermögen werden?
Mutter, sie verstehen es nicht,
dein großes Gesetz des Lebens.
Der Nährboden für die Saat ist zerstört,
es kann keine Liebe wachsen
auf Gewalt und Hass.
Das Gesetz wurde gebrochen
und niemand wird vor Gericht gestellt,
weil sie sich selbst für die Richter halten.
Mütter dieser Welt,
nur ihr könnt einen neuen, fruchtbaren Acker bestellen,
mit eurem Mut und eurer Kraft und eurer Liebe
um starke Nachkommen heranzuziehen,
die die Gesetze achten.
Möge euch dies gelingen,
zum Wohle der Erde und aller Kreaturen.

Mother Earth
Iris Rau

Mother, did you bear all the burden
to sacrifice your fruit
for those, who have never given birth to someone
and never will be able to?
Mother, they don't understand
Your great law of life.
The fertile ground for the seed is disturbed,
love can't grow
on violence and hate.
The law was broken
and no one will be put on trial.
Because they believe, that they are the judges.
Mothers of the earth
only you can plough the field
with your courage and strength and love
to grow strong offsprings
who esteem the laws.
May you succeed in this
For the good of the earth and all creatures.

Erwartung
Iris Rau

Warten auf Frieden, den es noch nie gab,
warten auf Liebe, wie an jedem Tag.
Warten auf das Wunder, das die Botschaft verheißt,
warten auf die Stille, die öffnet den Geist.

Erwarten von Gaben, mit Bedacht gewählt,
erwarten von Dank, der nicht gequält,
erwarten von Besonderem, das den Tag hervorhebt,
erwarten von Besinnlichkeit,
die durch Betriebsamkeit schwebt,
erwarten von Einklang ein paar Stunden lang,
erwarten von Freude und Liederklang.

Schenkt er uns Frieden?
Schenkt er uns Liebe?
Schenkt er das Wunder, das die Botschaft verspricht?
Warten auf Weihnacht – auf sein Lebenslicht.

Der Pfad des Lichtes
Iris Rau

Ein Stück des Weges gehen wir gemeinsam,
Wege kreuzen sich, entfernen sich,
schmiegen sich aneinander
und treffen sich in der Unendlichkeit.
Jeder hinterlässt seine Spur im anderen,
ungewollt, unbewusst, unausweichlich.
Starke und schwache Fäden,
nah am Kern oder weiter entfernt,
tragen bei zur Festigkeit oder Schwäche
des Lebensgespinstes.
Gehe die guten Pfade immer wieder und weite sie
in der Hoffnung, dass dir jemand begegnet.
Erkenne den Pfad des Lichtes,
der seinen hoffnungsvollen Schein hinausschickt
in die Welt,
der dich stärkt, der deine Seele berührt.
Gehe ihn gemeinsam mit mir,
gemeinsam, ein kleines Stück des Weges.

Der Wunsch
Iris Rau

Wünsche ziehen durch das Land
gutgemeint und wohlbekannt.
Wünschen uns ein frohes Fest
unterm Weihnachtsbaumgeäst.
Wünschen uns Besinnlichkeit,
Freude und ein wenig Zeit.

Mancher Wunsch bleibt unerfüllt,
tief in Dunkelheit verhüllt,
tief in unsrem Herzen drin.
Nie verließ er unsren Mund
niemals taten wir ihn kund.

Mut braucht man und viel Vertrauen,
soll das Tageslicht er schauen.
Mut zum Handeln, zum Beginnen
Zeit zum Träumen und Besinnen,
Vielleicht jetzt, zur Weihnachtszeit -
Machet eure Herzen weit.

Stille
Iris Rau

Mitten in die Unrast des Lebens
senkt sich Stille herab,
verbreitet Ehrfurcht in den Herzen.
Lähmendes Schweigen durchbohrt die Seele
im Bewusstsein der Endlichkeit des Lebens.

Die drängende Frage
nach dem Sinn unseres Schaffens,
der Bedeutung unseres Seins
sucht eine Antwort.
Der Blick für den richtigen Weg wird getrübt
durch den Irrtum der Unendlichkeit
und schweift ab
in ein Labyrinth von Nebensächlichkeiten.

In der verheißenen Ankunft
lebt die Hoffnung auf Antwort
auf die große Frage des Daseins.
Stille senkt sich herab
wie schützender Schnee in unsere Herzen
und verbreitet tiefen Frieden.

Der Spielzeugmacher
Dominik Rau

Es war einmal, so fängt es an,
ein Mensch, der war ein Mann.
Doch nicht irgendeiner, nein,
etwas muss an ihm besonders sein,
denn sonst lohnt sich hier an dieser Stelle
nicht, dass ich von ihm erzähle.

Dieser Mann, der war ein Kracher,
stadtbekannt als Spielzeugmacher.
Seine Ware, stets von höchster Güte,
war geschätzt, man zog die Hüte,
wenn man den Spielzeugmacher auf der Straße traf
und alle Kinder waren brav.

So kam's einmal zur Weihnachtszeit,
zu einem Ereignis höchster Wichtigkeit.
Ein ganz neues Spielzeug sollt es geben,
in den dafür vorgesehenen Läden.
Man stelle sich nur vor was kam,
überall stand man in langen Schlangen an.

Wer endlich an der Reihe war,
erhielt für Geld, ganz sonderbar,
ein Kästchen, das verschlossen schien,
da half kein Rütteln und kein Zieh'n.
Der Schlüssel, so wurde kurz darauf bekannt,
werde mit der Post versandt.

Am Weihnachtsmorgen dann,
kamen die ersehnten Briefe an.
Doch hier wurd' die Lage nun prekär,
denn alle Kästchen waren leer.
Da hob an ein großes Schrei'n,
„Wir fielen auf Betrüger rein!"

Doch da alle Läden schon geschlossen waren,
lenkte man den Zorn in andre Bahnen
und begab sich zur Fabrik des Spielzeugmachers,
„Diesen Scherz würd'gen wir nicht eines Lachers,
gib uns unser Geld zurück,
verdorben ist das Spielzeugglück!"

Der Spielzeugmacher betrachtete die Menge,
lächelte und sprach ganz ohne Strenge:
„Den größten Schatz der ganzen Welt,
hab ich für euch ausgewählt.
Ein größeres Geschenk als meines gab es nie,
denn ich schenkte euch die Fantasie!"

Christkindchens Geschenk
Iris Rau

Ich will dir was schenken, ich weiß noch nicht was,
will fest an dich denken, damit ich sie finde,
die Gaben, die einzig für dich sind bestimmt
für niemanden sonst, für kein anderes Kind.

Soll ich dir Mut und Zuversicht geben,
sollst du besonnen und vorsichtig leben?
Stets fröhlich und laut oder leise und fein
oder soll es Kraft und Geschicklichkeit sein?

Mit Zahlen jonglieren oder mit Worten
die Welt variieren, soll ich dir das geben?
Eine Stimme zum Singen, ein Gehör für Musik
und Ausdauer, auch wenn es schwierig wird?

Sollst ordentlich sein oder kreativ,
sollst mitfühlen können, was Menschen betrifft?
Humor ist auch ein schönes Präsent,
er hilft dir bei manchem diffizilen Moment.

Bin so gespannt auf dein Gesicht,
wenn deine Gaben kommen ans Licht.
Drum pack sie schon aus, so nach und nach,
behandle sie gut und leg sie nicht brach.

Denn was du von mir bekommen wirst,
ist nur für dich bestimmt.
Ich wünsche dir Menschen, die dir dabei helfen,
und fest an dich glauben, mein liebes Kind.

Ein kleiner Stern
Iris Rau

Ein kleiner Stern vom Himmel fällt,
Fast unsichtbar noch, doch unermesslich groß.
Herberge für ein Universum
Archiv des Daseins
und doch neu, nie dagewesen.
Zufall oder Fügung
ließ dich entstehen,
das Wunder langsamer Entfaltung
wie eine Knospe Blüte wird.
Die Chance des Neubeginns,
Hoffnung auf Veränderung
ruhen in dir.
Nichts wird sein wie vorher,
alles ist möglich.
So trag es weiter bis ans Ende der Zeit.

Dunkelheit
Iris Rau

Dunkelheit überall
Legt ihre Decke über die Welt.
Unsichtbar die Wirklichkeit,
das Verborgene offenbart sich,
 schonungslos tritt es hervor.

Furcht, wo zuvor keine war,
erahnt durch das Schwarz
die Ewigkeit.
Die Hoffnung blickt nach oben
in das Meer aus Lichtern
und klammert sich an ihnen fest.

Ruhig ihr Atem,
gibt Geborgenheit mir,
 nimmt mich auf ihren Schoß,
sanft und barmherzig
und schenkt mir einen Traum.

Weihnachtsklänge
Iris Rau

Feierlich dringen die Weihnachtslieder
weit von der Ferne ans Ohr,
suchende Augen ergründen die Quelle,
entdecken dort drüben den Chor.
Zarte Gitarrensaiten vibrieren,
entlassen Akkorde ins All.
Erhab'ne Trompeten triumphieren,
durchdringen die Kälte mit ihrem Schall.
Die einsame Geige spielt dort an der Ecke,
im Kasten klingelt das Geld
und neben der Krippe da flöten vier Kinder
das Lied von dem Retter der Welt.
Durchs das Portal der großen Kirche
quillt nach draußen ein Orgelchoral,
gar fröhlich klingt das Akkordeon,
erzählt von dem Kindlein im Stall.
Ein Mädchen entlockt der irischen Harfe
Töne wie Engelsgesang
und über den Dächern der Häuser am Markt
versammelt sich festlich der Glocken Klang.
Zwischen Lärm und Musik hört man tief in sich drin
den Klang der Stille ganz sacht
und Ruhe kehrt ein, wir sind jetzt bereit
für das Fest der Heiligen Nacht.

Sehnsucht
Iris Rau

Dunkel sind die Wintertage,
Kälte ist ihr graues Kleid,
hoffnungslos erscheint die Lage,
Sehnsucht macht sich wieder breit.
Nach der Wärme ferner Länder,
nach dem Licht, der Freundlichkeit,
nach den Farben und den Düften,
warmen Nächten, lauen Lüften,
Sehnsucht nach Vergangenheit.

Hoffnungsschimmer in der Ferne
gibt die Wärme, die uns fehlt,
Weihnachten kann es bewirken,
dass die Sehnsucht nicht mehr quält.
Kerzenschein erhellt das Leben,
Dunkelheit ist jetzt vorbei,
Wärme können Menschen geben,
die in Liebe sind uns treu.

Schöne Farben sind die Freunde,
machen unser Leben bunt,
Weihnachtsduft nach Tee und Plätzchen
tut sich unsren Sinnen kund.

Doch am Ende bleibt die Sehnsucht
nach dem Frieden auf der Erd'
Nach Gerechtigkeit im Leben,
einer Kindheit unbeschwert.
Bürde für den andren tragen,
dass mehr Menschen steh'n im Licht,
bring den Traum ein wenig näher
– habe Mut, fürchte dich nicht.

Farben
Iris Rau

Das Schwarz, endlich durchbrochen
vom gelben Schein, schüchtern zunächst,
dann selbstbewusst leuchtend.
Tief loderndes Rot ziert das seltene Grün
prachtvoll für die letzten Tage seines Seins.
Glitzerndes Weiß,
mächtig und alles beherrschend
lässt auf sich warten
und manchen wird es nie erscheinen.
Silbern der Spinnenfaden der Hoffnung,
leise schimmernd im fernen Blau,
bereit alles zu tragen, was Vertrauen hat.
Das Gold der Liebe,
sichtbar nur für die Glaubenden
der Stern, der das Schwarz durchbricht.

Wärme
Iris Rau

Heute hört man jeden klagen:
„Unsre Zeiten sind so schlecht!"
Dauernd hört man jemand sagen:
„Ach, die Welt ist ungerecht!"
Haben sie denn nichts zu essen,
frieren sie im Winter sehr?
Schlafen sie denn unter Brücken,
ist ihr Portemonnaie denn leer?

Seh'n nicht, dass sie alles haben
und sogar noch sehr viel mehr,
sie erkennen nicht den Reichtum,
das wär wirklich nicht so schwer.
Fühlt der Mensch sich denn nur glücklich,
wenn er immer jammern kann?
Vielleicht fehlt ihm, das ist wichtig,
jemand, der ihm zugetan?

Keins von all den teuren Dingen
macht doch unser Leben aus.
Richtig gut geht es uns allen,
wenn wir haben drüber raus
ein paar Freunde, die uns mögen,
so wie wir im Alltag sind,
die uns zuhör'n, mit uns reden,
jemand, der uns gleichgesinnt.

Miteinander sitzen, plauschen,
Tee genießen, sich berauschen
an der Wärme, die uns zuströmt,
dann möcht' man mit niemand tauschen.
Dann erst fühlt man sich zu Hause,
ganz egal, wo man grad wohnt,
Dann erst spürt man,
dass das Leben sich auf alle Fälle lohnt.

Was zur Weihnacht' uns verheißen,
darauf kommt es letztlich an,
dass uns nicht der schnöde Mammon
zu sehr zieht in seinen Bann.
Echte Freunde zu erkennen,
dafür ist es nie zu spät,
dass wir sie genießen können,
das ist Lebensqualität.

Freude
Iris Rau

Weihnacht ist's, wir freu'n uns sehr -
über was freu'n wir uns mehr?
Über all die guten Gaben,
die wir unterm Christbaum haben,
über all das feine Essen,
das dem Feste angemessen?
Über unser warmes Haus,
wo sich's lebt in Saus und Braus?
Oder über frohes Lachen,
über all die kleinen Sachen,
die das Leben wertvoll machen?
Über Weihnachtsglockenklang
und gemeinsamen Gesang,
über hellen Kerzenschein,
über Zeit für sich allein?
Freut euch, wenn ihr Freude spürt,
wenn im Herzen sich was rührt,
wenn die Krippe ist nicht leer -
Weihnacht ist's, wir freu'n uns sehr!

Die Schöpfung
Iris Rau

Viele Gesichter hat die Welt
unter dem großen Himmelszelt.
Mal grün, und fruchtbar, karg und öd,
mal lieblich und mal hart und spröd,
ob eng begrenzt, ob weit und eben,
verborgen ist darin das Leben.
Die Schöpfung, vielfältig und schön,
schaut nur mal hin, dann könnt ihr's seh'n,
wenn eure Augen nicht getrübt,
durch Dinge, die der Mensch so liebt,
durch Sachen, die wir selbst geschaffen
und die wir uns zusammenraffen.
Was für das Leben wirklich wichtig
erkennen wir oftmals nicht richtig.
Nicht nur in dieser Weihnachtszeit
sei unser Herz dafür bereit.

Ein kleiner Unterschied
Dominik Rau

Wenn das Fest nun näher rückt
und die Kinder ganz verzückt,
die Großen wie die Kleinen,
die sonst streiten, zanken, weinen,
in Eintracht gar und Harmonie,
sich vertragen wie sonst nie.

Doch feiert nicht ein jeder Geist,
die Zeit die eng zusammenschweißt,
auf dieselbe Art und Weise,
denn der eine feiert laut der andre leise,
mal mit Freunden oder den Verwandten,
mal mit Kollegen oder nur Bekannten.

Der eine hat die Taschen voll mit Geld,
für ihn ist der Luxus das was zählt,
beim anderen da gibt es Bohnen,
allerdings muss es sich lohnen.
Auch der Reiche, der viel reist,
wird erfüllt vom Festtagsgeist.

Er fliegt mit seinem Flieger,
mal eben nach Paris hinüber,
nichts für die Liebste ist zu teuer
und für das kleine Ungeheuer,
welches hechelnd ihm im Arme liegt
und sich sabbernd an ihn schmiegt.

So hält er täglich auf dem Arm,
was andere sich machen warm,
um ein trefflich Mal zu haben,
an dem sich alle können laben.
Das Festmahl reicht für jedermann,
alles dankt und hält sich ran.

Das Ambiente ist famos,
ein Steingewölbe riesengroß,
darunter fährt, wer hätt's gedacht,
der Scheich mit seiner tollen Jacht.
Winkt den Schmausenden noch zu,
doch dann will er seine Ruh'.

Begibt sich endlich unter Deck
und bemerkt noch keck:
Diese Leute haben's gut,
haben regen Lebensmut,
sie genießen jenes Fest,
was für uns schon Alltag ist.

Familienweihnacht
Iris Rau

S'ist Weihnacht, oh Kinderlein freuet euch sehr
und hört auf zu streiten, benehmt euch vielmehr.
Der Weihnachtstag ist doch der schönste im Jahr,
die ganze Familie ist vollzählig da.

Es wird noch gebastelt, gekocht und gereimt
und endlich die Pyramide geleimt.
Der Christbaumständer ist jedes Jahr fort,
im Fernseh'n läuft wieder der kleine Lord.

Im Wohnzimmer klirrt's, hoffentlich reichen die Kugeln,
das Rezept für den Nachtisch will Mutter noch googeln.
Der Vater muss schnell noch zum Baumarkt flitzen
und allüberall sieht man Lichtlein blitzen.

Die Kinder sind wirklich nun mehr als bereit.
Sie fragen minütlich – wann ist es soweit?
Sie werden vertröstet, sie sitzen auf Kohlen,
doch Vater muss schnell noch die Oma holen.

Es ist Heiligabend und Ruhe kehrt ein,
die Wohnung erleuchtet im Kerzenschein.
Es duftet nach Plätzchen und Tannenbaum,
es liegt ein Zauber im ganzen Raum.
Ein Glöckchen ertönt, die Kinder lauschen,
mit nichts in der Welt möchte ich jetzt tauschen.
Die Kerzen brennen am Weihnachtbaum,
die Augen leuchten, es ist wie ein Traum.

Es wird musiziert und alle singen
vom Christuskind, was wird es wohl bringen?
Die Spannung steigt, nicht noch ein Lied -
doch alle singen nochmal mit.

Nun noch das Lied vom holden Knaben,
die Kinder schielen zu den Gaben.
Die Mutter erbarmt sich, jetzt wird endlich beschert
und ausgepackt, was das Herz begehrt.

Der Vater hat Hunger, es knurrt der Magen
und Oma will ihr Gedicht noch sagen.
Das Essen ist fertig, jetzt wird es gemütlich
und alle tun sich am Braten gütlich.

Bei einem Glas Wein klingt der Abend aus
und Oma will jetzt endlich nach Haus.
Die Kinder benehmen sich ganz dezent,
die Mutter genießt den stillen Moment.

Es ist Heiligabend, wie wunderbar,
wir freuen uns schon auf das nächste Jahr.

Familienglück
Dominik Rau

In vielen Familien, da ist's Tradition,
den Eltern reicht nicht nur ein Sohn,
nein, ein zweiter Sprössling muss noch her
und macht dem Erstgeborenen das Leben schwer.

Das ganze Jahr wird sich geschlagen,
nur zur Weihnachtszeit der Zwist begraben,
aus den Flegeln werden Engel,
verschwunden sind Erziehungsmängel.

Der Mutter fällt spontan noch ein,
dass die Erzeugerin ja ganz allein
zu Hause sitzt und jährlich hofft,
man hat sich nicht zu viel gezofft.

Doch der Tochter Großmut ist famos,
drum schickt sie eben noch den Vater los,
dem die Freude steckt in jeder Zelle,
schafft die Oma ran, mal auf die Schnelle.

Die Kinder, nicht erfreut auf ihre Weise,
über Tanten, Onkel, Greise,
wenn diese trefflichen Gesellen,
sie um die Geschenke prellen.

Die Zuneigung der kleinen Leute,
erhält man nur durch reiche Beute,
welche ordentlich und schön,
unterm Weihnachtsbaum muss steh'n.

Was denken sich die Großen nur,
verpflichtet sie doch die Natur,
dem Nachwuchs den Tribut zu zahlen,
damit dessen Gesichter hell erstrahlen.

Sollt' es dennoch einer wagen,
bei den Geschenken zu versagen,
was das Freudenfest erheblich trübt,
wird schnell Vergeltung ausgeübt.

Nun, so schnell wird's doch nicht sein,
denn die Bälger sind noch klein,
aber eines Tages dann,
vollziehen sie den Racheplan.

Der Verlust von etwas das man nie besessen,
hat sich schnell ins Hirn gefressen,
selbst wer Kinderherzen stets verzückt
und Dankbarkeit erwartet, ist verrückt.

Die Schlacht an Weihnachten
Dominik Rau

Wenn das Kommando sitzt am Tisch,
man ist ausgeruht, das Gemüt noch frisch,
kommt der Vorgesetzte, in stattlicher Statur
und legt eine Akte vor.

Der Plan ist ausgereift, ein Meisterstück,
er hat Brillanz, Genie, was fehlt ist Glück,
doch dieses nichtige Detail,
bleibt ohnehin nur Rettungsseil.

Denn wer dem Zufall etwas überlässt,
meist schlecht vorbereitet ist.
Das Chaos darf nicht sinnlos walten,
darum hat der Mensch sich eingeschalten.

Die Unterweisung ist vorbei, das Kommando zieht jetzt los,
der Auftrag ist nicht einfach, auch ist die Angst nun groß
und am Ort des Kampfes angekommen,
wirkt selbst der Härteste beklommen.

Im Angesicht der großen Schar,
die mal wieder schneller war,
verfliegt der gut geschulte Drill,
denn schon ist es viel zu viel.
Doch der Kommandant, in üblicher Manier,
hart erprobt, ein Leitungstier,
stürmt mit einem Kriegsschrei vor,
die Soldaten stimmen ein im Chor.

Vorbei am Tore, schieben sie das eiserne Gefährt,
denn ohne es, das hat das Leben sie gelehrt,
hat der Feind, oft sehr gerissen,
einen im Scharmützel umgeschmissen.

Keine Zeit bleibt zu verweilen, es gibt keinen sich'ren Ort,
man tritt und schlägt, in den Augen leuchtet Mord,
dazu wird auch das Tempo angehoben,
spräche man hier von Raserei, so wär' es noch gelogen.

Wer es schafft, die Schlacht zu überleben,
für den ist das was kommt, doch noch kein Segen.
Man ist an einem Stück und dankt Gott auf Knien dafür,
doch durchschritten ist noch nicht die Tür.

Ein gnadenloser Wächter, ohne jegliches Erbarmen,
überprüft dort jedermann, die Reichen wie die Armen.
Nach stundenlanger Marter und Tortur,
muss man auch noch bezahlen, da bleibt der Wächter stur.

Gute Vorsätze
Iris Rau

Ist es das wert, so fragt man eben,
sich abzurackern Tag für Tag?
Gibt es noch mehr in unsrem Leben,
was Sinn in dieses bringen mag?
Warum bin ich wie all die andern
strebsam, erfolgreich und skrupellos -
muss ich das wirklich oder mein' ich es bloß?

Wer hat mir befohlen, nicht nachzudenken
über Sinn oder Unsinn von meinem Tun?
Wer hat mir befohlen meine Zeit zu verschenken,
mit endlosen Stunden Berieselung?
Das Dasein verläuft oft nur noch virtuell,
verkauf' meine Seele auch ohne Befehl.

Wer hat mich bedrängt, meinen Traum zu vergessen
im Alltagsmeer ihn zu ertränken?
Warum bin ich nur so vermessen zu denken,
mein Leben ist unendlich lang,
verschieb stets auf Morgen den Tatendrang.
Glaub wirklich, ich wär' meines Schicksals Schmied,
und mache den Stumpfsinn der anderen mit.

Es kommt nun die Zeit mich zu verändern,
entschlossen Gewohnheiten zu entflieh'n,
mich gegen den Strom der andern zu wenden
und gegen den tief in mir drin.
Mit vollem Mut mich dem Leben zu stellen,
es bleibt mir zu hoffen, es wird endlich wahr,
das wünsche ich mir für das neue Jahr.

Warten
Iris Rau

Warten auf die heilige Nacht
auf Kerzenschein und Glanz, auf Lieder,
die sacht erklingen, die uns vereinen.

Behaglichkeit, Wärme, Geborgenheit spüren,
Geschichten, Gedichte, die uns berühren,
das alles erwarten wir und noch viel mehr.
Neugier auf Gaben unter dem Baum,
Düfte, so wunderbar, füllen den Raum.

Warten auf die Ankunft des Heilands im Stall,
der Liebe und Hoffnung allüberall
gebracht hat den Menschen, die an ihn glauben.

Geheimnisse wahren und Wünsche erkennen
und wissen, dass, wenn die Kerzen dann brennen,
nicht jede Erwartung zur Wirklichkeit wird.
Nach langem Warten kommt endlich die Zeit,
ach, wäre es morgen doch schon so weit!

Acedia
Iris Rau

Ungewissheit breitet sich aus,
lange versteckt in den Tiefen der Gleichgültigkeit.
Ignoranz fordert ihren Tribut
und treibt unerwünschte Blüten.
Dunkle Wolken am Horizont rollen näher,
langsam und unerbittlich-
verfinstern die Welt eines jeden.

Und doch gibt es die Kraft,
die Chance zur Umkehr,
die Gabe, das Offensichtliche zu sehen.
Die Pfade aus dem Schatten,
wie die Straße dorthin,
keine andere Kreatur vermag sie zu gehen,
als die Söhne und Töchter der Erde.

Glaube, Liebe und Hoffnung
sind das göttliche Geschenk
für die Bürde der unvollkommenen
Kenntnis des Lebens.

Weihnachtsträume
Iris Rau

Weihnachtszeit – die Zeit zu Träumen,
warten auf das Christuskind,
Weihnachtsschmuck in allen Räumen,
Lieder, die so festlich sind.

Kleiner Kinder große Seelen
öffnen sich und sind bereit,
klare Augen, wie Juwelen,
seh'n den Zauber weit und breit.

Wünschen sich so viele Sachen
großer und auch kleiner Art.
Dinge, die viel Freude machen
von dem Christuskind so zart.

Die Erwachs'nen im Getriebe
emsiger Geschäftigkeit
wünschen sich zum Fest der Liebe
Ruhe und Zufriedenheit.

Ob die Träume Wahrheit werden
außerhalb von Macht und Gier,
ob es Frieden wird auf Erden,
Mensch – das liegt allein an dir.

Das Rätsel
Dominik Rau

Es wird Nacht,
Dunkelheit senkt sich über die Welt,
das Geschrei der Kinder,
es hallt in jedermanns Ohr.

Ein Tal voller Glück,
voller Unglück,
Schreie in der Finsternis,
die Tränen bilden Flüsse.

Meine Reise endet,
ich blicke zum Himmel,
in die Augen der Kinder,
in die Augen der Menschen.

Unrecht scheint aus ihnen,
Zufriedenheit scheint heraus,
die Mägen krümmen sich vor Schmerz,
die Mägen sind leer.

Verzehrendes Warten,
beißende Zeit,
Decke aus weißem Flaum,
mit nassen kalten Finger.

Schmerzendes Grün,
brennende Flammen,
heißes Metall,
ein Spiegelbild erscheint.

Licht
Iris Rau

Eis'ge Kälte, dunkle Tage,
trostlos gibt sich die Natur,
alles scheint dahinzudämmern,
Bäume, Bären, Konjunktur.
Doch ein Leuchten aus der Ferne
reißt uns aus der Depression,
schwillt dann an wie ein Crescendo
zarter Illumination.
Treibt uns an zu Höhenflügen,
Kräfte werden wieder wach,
und beim Duft von Weihnachtsplätzchen
werden starke Männer schwach.
Bäume tragen stolz die Kerzen,
Häuser zeigen sich im Licht,
hell erstrahlen Kinderherzen
und es leuchtet das Gesicht.
Weihnacht naht, fast könnt man meinen,
dass die ganze Welt es weiß,
doch woanders wird vergossen
vieler Menschen Blut und Schweiß.
Friede für den Mensch auf Erden
ist ein unerfüllter Traum
und das Licht der Hoffnung leuchtet
so wie unser Weihnachtsbaum.

Der Traum
Iris Rau

Schlaf ein und träume von dem Abend,
der deine Wünsche dir erfüllt,
von Lichterglanz, Geborgenheit,
von Weihnachtsbaum und Herrlichkeit
von himmlischer Glückseligkeit.

Schlaf ein mein Kind und träume,
dass alle Kinder auf der Welt
so glücklich sind wie du,
dass sie geliebt durch Leben geh'n,
dass sie nur schöne Dinge seh'n
und schöne Dinge tun.

Schlaf ein mein Herz,
träum' von den Menschen,
die mit Bedacht agieren,
wohl wissend, dass sie Gäste sind,
und unsre Erde respektieren,
damit wir lange auf ihr sind.

Schlaf süß, und träume von dem Frieden,
der allen Völkern innewohnt,
dass Politik nur Freiheit bringt,
dass jeder Hunger wird gestillt
und Leben sich für jeden lohnt.

Schlaf ein und träum' dass alle Großen
ehrlich und offen sind,
gewissenhaft und weise handeln,
zum Wohlergehen für die Kleinen,
das träume, liebes Kind.

Schlaf gut mein Liebling, träume süß,
bald ist es an der Zeit,
wenn du erwachst, erhalt dir deine Träume,
bis in die Wirklichkeit.

Einmal im Jahr
Dominik Rau

Wenn einer den anderen fragt,
so antwortet der andre dem einen:
„Der Kalender hat es eben gesagt,
sei nett zu den Großen und Kleinen."

Und fragt der eine den anderen nun,
warum er nach dem Kalender sich richte,
nennt dieser als Grund für sein Tun:
„Es hilft ihnen, wenn ich verzichte!"

Worauf, will der eine dann wissen
und der andere schaut ganz verzagt.
„Auf die Stimme in meinem Gewissen,
die nie nach den anderen fragt."

Das Mahl
Iris Rau

Jedes Jahr, so ist es Brauch,
füllt man sich zum Fest den Bauch.
Doch bis dies geschehen kann,
fällt jede Menge Arbeit an.

Es geschieht nicht augenblicklich,
sei es auch noch so erquicklich,
wenn am Ende unumwunden
das Ergebnis gut befunden.

Das Projekt bedarf der Planung,
deshalb fragt man nach der Ahnung
des gesamten Arbeitsteams
vor dem knisternden Kamin.

Hier erwägt man das Problem,
Plätzchen kauend, ganz extrem.
Stürmt die Windungen des Hirns,
runzelt angestrengt die Stirn.

Kommt zum Resultat der Qual,
  überlässt dem Chef die Wahl.
Wünscht nur großzügig und edel:
„Ganz egal, Hauptsache Knödel".

Der geht nun nach der Befragung
mit sich selber in die Tagung.
Plant bei einer Tasse Tee
die Ressourcen des Soupers.

Die Maschinen stehen da
und das Personal ist klar.
Das Budget ist schnell genehmigt,
einzig das Produkt verhehlt sich.

Dieses Mahl im Kerzenschein
soll was ganz Besond'res sein.
Für die Gäste gut zu kauen,
nicht zu schwierig zu verdauen.

Leicht zu schaffen im Betrieb
nach dem Minimalprinzip.
Schön für's Aug' und delikat
und dazu auch sehr apart.

Zielstrebig fällt die Entscheidung
endlich des Projektes Leitung.
Nun geht es zur nächsten Phase
mit dem Auto auf die Straße.

Die Beschaffung aller Güter
ist nichts für empfindliche Gemüter.
Nur der Schnellste überlebt,
wenn es um den Parkplatz geht.

Die Logistik ist durchdacht,
rasch hat man sich schlaugemacht,
wie man möglichst ohne Schaden
wieder rauskommt aus dem Laden.

Erledigt ist der Coup im Nu
und der Manager dazu.
Hat nach nicht mal drei, vier Stunden
sich zu Hause eingefunden.

Hier steht schon das Team bereit,
kontrolliert die Pufferzeit.
Darum schreitet man zur Tat
in der Produktionswerkstatt.

Das Gehirn auf voller Tour
schafft man nun gegen die Uhr.
Setzt Prozesse in den Gang,
parallel und nicht so lang.

Schnell behebt man kleine Pannen,
rührt herum und schwenkt die Pfannen.
Wenn das Knödelwasser brodelt
leis' der Weihnachtsjodler jodelt.

Beinah ist es jetzt geschafft.
Das Produkt wird gönnerhaft
bestaunt vom Team äußerst begehrlich,
denn die Mägen knurr'n gefährlich.

Endlich kommt es auf den Markt.
Von Absatzsorgen nicht geplagt
verbraucht es nun der Konsument
in einem Tempo sehr behänd.

Satt, zufrieden sitzt man nachher
bei den Resten des Desserts.
Das Team ist nun des Lobes voll,
„Unsre Idee, die war doch toll!"

Der Jahreslauf
Iris Rau

Das Jahr neigt sich dem Ende zu,
war es ein schlechtes oder gutes?
Es eilte fort, verging im Nu
und immer war man guten Mutes
noch Zeit zu haben bis es endet.
So viel zu tun , wer hält es auf,
zu spät – es ist vorbei.
Doch dann, so ist der Erde Lauf,
zum Guten es sich wendet.
Das neue löst das alte ab,
ist unschuldig und frisch
es gibt die Chance zum Neubeginn,
ganz langsam erst, dann trügerisch
nimmt es an Tempo auf.
Da galoppiert es wieder hin,
das ist der Jahreslauf.

Das Weihnachtsmahl
Dominik Rau

Ruh' und Besinnung kehren nun ein,
friedlich sitzt man herum,
dann muss auch das Gesinge noch sein,
doch manch einer bleibt lieber stumm.

Endlich sind die Geschenke verteilt
und die Mutter bittet zu Tisch.
Die Ruh', die noch bis eben verweilt,
entgleitet wie ein schlüpfriger Fisch.

Denn kaum sitzen alle am Platz,
wird der Nachbar alsbald belauert,
ja, dann ist's vorbei mit „Mein Schatz!",
der Gegner wird nur noch bedauert.

Der erste Gang noch Schonung verspricht,
schließlich handelt sich's nur um Salat,
doch beim Hauptgang entfällt der Gewaltverzicht,
immerhin ist man Soldat.

Der Feldzug beginnt,
ein Berg Fleisch ist das Ziel
und da jeder denkt er gewinnt,
erobert man lieber mehr als zu viel.

Geplündert wird Kloßstadt und Soßenmeer,
verwüstet der Beilagenacker,
dann sind alle Teller und Schüsseln leer,
die Überlebenden schlugen sich wacker.

Nach der Hauptschlacht
wird ein brüchiger Frieden geschlossen,
schließlich kommt nun das Dessert.
Und doch sagt sich mancher verdrossen:
„Im nächsten Jahr erober ich mehr!"

Abschied
Iris Rau

Adieu, du schnödes, altes Jahr,
geh weg, es ist vorbei,
ich werd' dich niemals wiedersehen,
doch mir ist das so einerlei.

Die Zeit mit dir war interessant,
es reizte mich das Neue,
doch jetzt ist Schluss, ich bin dich leid,
ich zeige keine Reue.

Das Nächste hab ich schon im Blick,
verlockend liegt es da,
hab unsre Zukunft schon geplant,
begrüße es mit viel Trara.

Nun sei nicht traurig, altes Jahr,
das Neue nutzt sich ab,
und nächstes Jahr, du wirst es seh'n,
wird es ihm auch nicht besser geh'n.

Der Berg
Dominik Rau

Er verlässt die Hütte im Morgengrauen,
dick in Felle gehüllt stapft er durch den Schnee,
wo hinter den fernen Gipfeln
die ersten rötlichen Schimmer erscheinen
und die Sonne in die tiefen Täler ihre Strahlen sendet,
dort liegt sein Ziel an diesem Tag.

Der Morgen ist klar und kalt,
der Schnee tief und nass,
doch er achtet nicht darauf,
seine Gedanken sind in jenen Tälern,
auf der rechten Schulter ruht eine Axt,
sie blitzt im Schein der Sonne durch diesen klaren Morgen.

Seine Absichten sind ihm bewusst,
er steigt tiefer ins Tal,
um den zu finden den er sucht
und seine Axt wird verrichten ein schrecklich Tagewerk,
ohne Gefühl, ohne Reue,
ohne Schuld, unermüdlich.

Sturm!
Er sieht nichts mehr,
hebt schützend die Hände vors kalte Gesicht,
der Sturm zerrt an ihm, schmeißt ihn hin und her,
will ihm die Axt entreißen, doch nein,
er geht unbeirrbar weiter seinen Weg.

Der Sturm drängt ihn zurück,
lässt ihn nicht gewähren,
und eine Böe reißt ihn von den Beinen,
die Axt saust durch die Luft,
geht über ihm nieder,
doch der Wind treibt sie an ihm vorbei.

Keuchend liegt er im Schnee,
die Axt steckt dicht neben ihm,
er packt sie entschlossen, sein Ziel ist nah,
ein wuchtiger Schlag, und Schlag und Schlag,
das Opfer bricht unter den Hieben zusammen,
liegt stumm im kalten Schnee.

Nun ist Stille,
ein Vogel singt
und er packt das Opfer bei den Beinen,
schleppt es heim und stellt es,
so will es der Brauch,
neben den Kamin, so wie wir auch.